用4格爆笑漫畫完記單字與句子

爆笑英語王

Shin Tae Hoon / Na Seung Hun 著・Joyce Song 審訂

第1彈

CONTENTS 目錄 ······································

手機掃描 QR Code 即可進入 MP3
音檔選項，內容為每個四格漫畫最
上方主要單字、主要例句，以及
Picture Words 單元的道地發音音
檔，點選各分類音檔即可聆聽。

第 1 彈

Picture Words

第 2 彈

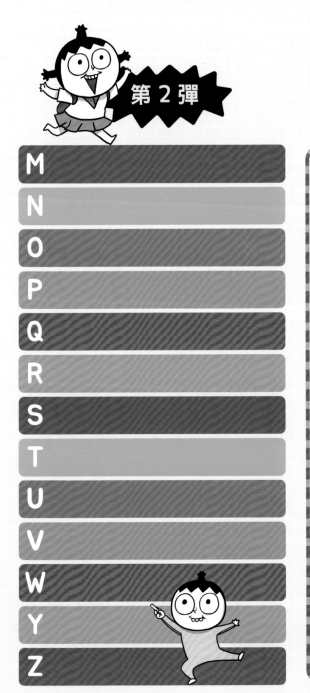

M

N

O

P

Q

R

S

T

U

V

W

Y

Z

Picture Words

The Bathroom

The Classroom

The Kitchen

Food

Classroom Objects

Sports

Zoo Animals

Vegetables

Jobs

The Weather

Places in Town

CHARACTERS 人物介紹 ·······················

FAMILY

夫婦

爺爺　　　　奶奶

夫婦

爸爸（鄭科長）　　媽媽

兄妹

堂兄弟姊妹

鄭信　　　珠理　　　鄭九

BUGS

鄭蜜蜂

瑪雅

紡織娘

金龜子

鄭信

朋友們

愛麗絲
(Alice)

大宅男

約翰
(John)

鮑伯
(Bob)

珠理

朋友們

第一名

超強女

南勳

金工哲老師

鄭科長

公司
同事們

金會長

崔社長

惡副理

鄭九

朋友們

婦女聯盟
聚會

媽媽

哲洙媽

偶像　鄉村五

金催眠

羅威脅

about

介 關於～、對於～

Tell me about her.
告訴我關於她的事。

accident

名 意外、事故

Accidents will happen.
意外總會發生。

across

介 在～的對面

There is a toyshop **across** the street.
街道對面有一間玩具店。

act

動 舉動像、扮演、表現　名 行為、行動

He **acts** like a baby.
他的舉動就像個嬰兒。

add

動 加、添加、補充

Let's **add** meat.
讓我們加點肉吧！

address

名 住址、地址

You didn't write the **address**.
你沒寫上地址。

advise

動 勸告、忠告

I **advise** you to tell Mom the truth.
我勸你跟媽媽說實話。

afraid

形 害怕、懼怕

I'm **afraid** of the dog next door.
我怕隔壁家的狗。

A

after

介 在～之後

Let's watch TV **after** we all eat.
我們都吃完後再看電視。

Let's watch TV after we all eat.
我們都吃完後再看電視。
啥！
我吃完了，現在來看電視吧！
Watch TV after I finish.
等我吃完了才能看電視。
妳還要吃多久？我想看電視了。
You should watch TV after we all finish.
你要等到我們全都吃完才能看電視啦！

afternoon

名 下午

We're going swimming this **afternoon**.
我們今天下午要去游泳。

Do you have plans this afternoon?
你們今天下午有什麼計劃嗎？
We're going swimming this afternoon.
我們今天下午要去游泳。
It said it would rain in the afternoon.
聽說下午會下雨。
啊！

again

副 再次、又

....

I'll never come here **again**.
我再也不來這裡了。

ago

副 在～之前

....

I gave it to you a minute **ago**.
我剛剛（在一分鐘前）就給你了。

agree

動 同意、贊成

We **agree**.
我們贊成。

air

名 空氣

I need fresh **air**.
我需要新鮮空氣。

airplane

名 飛機

I'm too afraid of flying in an **airplane**.
我很怕搭飛機。

airport

名 機場

She went to the **airport** to meet Dad.
她去機場接爸爸了。

album

名 相簿

Where is your old photo **album**?
你的舊相簿放在哪裡？

all

代 全部、所有

Can I invite **all** of my friends?
我可以邀請所有的朋友嗎？

along

介 沿著～、順著～

Let's go **along** this.
讓我們沿著這裡走。

always

副 總是、一直、永遠

I'll **always** love you.
我會一直愛著你。

among

介 在～之中、在～之間

Juri is the prettiest **among** us.
珠理是我們當中最漂亮的。

angry

形 生氣、憤怒

I'm not **angry**.
我沒有生氣。

Don't you think 超強女 is the prettiest among us?
妳不覺得超強女在我們當中是最漂亮的嗎？

超強女

No, I think 第一名 is the prettiest among us.
才不是，我認為第一名才是我們當中最漂亮的。

第一名

Juri is the prettiest among us.
真是的～珠理才是我們當中最漂亮的。

呼…真拿妳沒辦法…

珠理

老師，就由最漂亮的
我來負責打掃工作吧！

好啊。

Being angry is not good for your health.
生氣對健康不好喔。

妳要練習忍住不生氣。

好啊！

媽，我這次考試
零分。

是…嗎…
I'm not angry.
我沒有生氣。

媽！我還沒做好
打掃和洗衣服的工作。

哈哈…哈哈…
I'm not angry.
我沒有生氣。

我今天
買了一台新車…

這我可忍不了！

animal

名 動物

What is this **animal**?
這是什麼動物？

another

形 其他的、另一個、別的

Do you have **another** shirt?
你們有別款襯衫嗎？

好！最後一個問題！

A quiz on animals.
這題是有關動物的題目。

牠動作非常緩慢…遇到危險會躲起來…

What is this animal?
請問這是什麼動物？

是我爸？

嘿！答錯了！
正確答案是烏龜！

但我爸的行動也非常緩慢，
遇到危險時也會躲起來啊。

哎呀～這件真的很適合您呢～

這件襯衫太普通了…

Do you have another shirt?
你們有別款襯衫嗎？

怎麼辦…別款襯衫
可能都太小了…

喂，我看起來
有那麼胖嗎？
這件對我來說太大了！

請…請幫我脫下來…

answer

名 答案、解答、回答

Stand up and call the **answer**.
站起來並大聲說出答案。

anything

代 什麼、任何東西

Do you have **anything** to do this afternoon?
你今天下午有什麼事嗎？

apartment

名 公寓

We live in an **apartment**.
我們住在公寓。

arm

名 手臂

What happened to your **arm**?
你的手臂怎麼了？

around

介 周圍、四周、附近

Look **around** carefully.
仔細看看四周。

arrive

動 到達、抵達

Has your parcel **arrived**?
你的包裹到了嗎？

artist

名 畫家、藝術家

Who's the **artist**?
誰是畫家？

ask

動 問、詢問

Can I **ask** you a question?
我可以問你一個問題嗎？

A

at

介 在～、於～

Turn right **at** the corner.
在那個轉角處右轉。

我聽說這個社區裡住著一位非常聰明的小孩才過來採訪。請問你知道他在哪嗎？

當然知道！

Turn right at the corner.
在那個轉角處右轉。

啊！謝謝你！

快步跑

啊！你不就是剛才那個…

沒錯，我就是你們要找的那個聰明的小孩。

aunt

名 阿姨、姑姑、伯母、嬸嬸、舅媽

Aunt Moomba gave me a gift.
夢芭阿姨送我一個禮物。

autumn

名 秋天

It's already **autumn**.
已經是秋天了。

away

副 遠離～

Go **away**.
走開。

It's already autumn.
已經是秋天了。

看看這片落葉！
很漂亮吧？

明明到昨天都還很熱的，
竟然已經入秋了。

I really like autumn.
我真的很喜歡秋天。

I hate autumn!
我討厭秋天！

Go away!
走開！

Get away from me!
離我遠一點！

你一個人在幹什麼？

那東西…
一直緊黏著我不放。

什麼東西？

我的屁。

The Face 臉

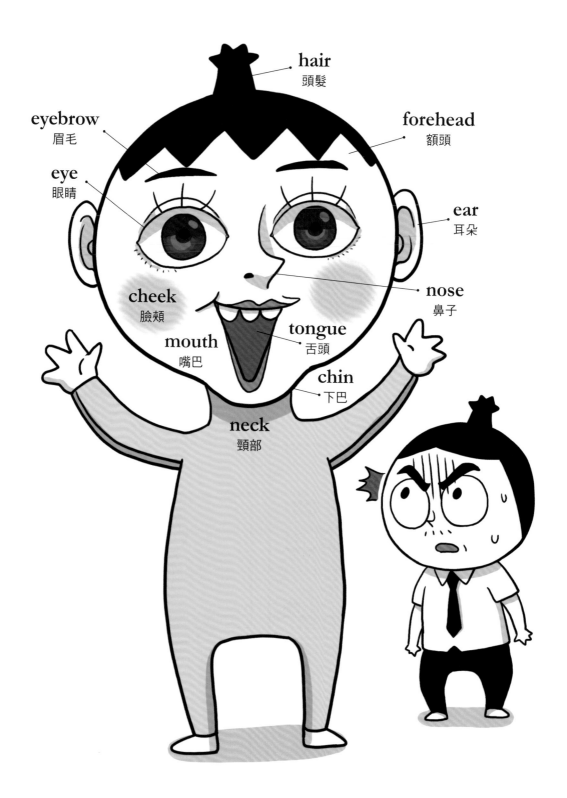

hair
頭髮

eyebrow
眉毛

forehead
額頭

eye
眼睛

ear
耳朵

cheek
臉頰

nose
鼻子

tongue
舌頭

mouth
嘴巴

chin
下巴

neck
頸部

The Body 身體

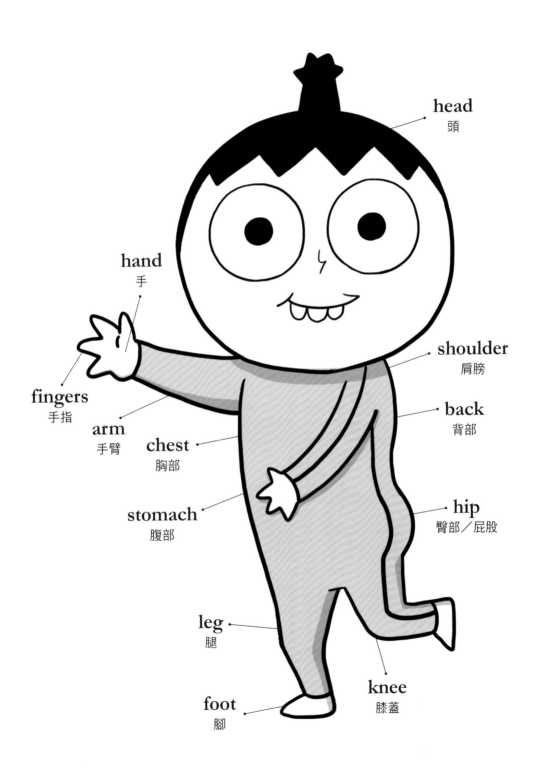

head
頭

hand
手

shoulder
肩膀

back
背部

fingers
手指

arm
手臂

chest
胸部

hip
臀部／屁股

stomach
腹部

leg
腿

knee
膝蓋

foot
腳

baby

名 嬰兒、寶寶

Who's the baby in the picture?
照片中的寶寶是誰？

back

名 背部、後面　副 向後

My back is all wet.
我的背都濕了。

bad

形 壞的、不好的

I have **bad** news.
我有壞消息。

bag

名 包包、皮包

Let me see what's in your **bag**.
讓我看你的包包裡有什麼。

> **I have bad news.**
> 我有壞消息。

> 是嗎？
> 快點告訴我。

> 我把窗戶打破了。

> 那好消息呢？

> 破的不是
> 我們家的窗戶。

> STOP！禁止攜帶動物。

> ……

> **Let me see what's in your bag.**
> 等等！讓我看你的包包裡有什麼。

> 站住！

> **This is a bag, a bag!**
> 這只是個包包，是包包！

ball

名 球

Who kicked the **ball**?
是誰踢的球？

balloon

名 氣球

Whose **balloon** is bigger?
誰的氣球比較大？

band

名 樂團、熱音社

....

I want to join the band.
我想加入熱音社。

bank

名 銀行

....

The bank is closed today.
今天銀行關門（沒開）。

baseball

名 棒球

We play baseball on Sundays.
我們每個星期天都會打棒球。

basket

名 籃子

What's in the basket?
籃子裡有什麼？

bath

名 洗澡

You need a **bath**.
你需要洗個澡。

beach

名 海邊、海灘

Let's go to the **beach**.
我們去海邊吧！

bear

名 熊

She's hibernating like a bear.
她像熊一樣正在冬眠。

beautiful

形 美麗的

Flowers are beautiful.
花很美麗。

because

連 因為～

We can't go there **because** it's raining today.

因為今天下雨，我們沒辦法去那裡。

become

動 成為～、變成～、當上～

I'll study hard to **become** a doctor.

我會努力學習以成為一名醫生。

bed

名 床

I sleep on a nice car **bed**.
我睡在很酷的汽車造型床上。

before

介 在～之前、在～以前

Wash your hands **before** eating.
吃東西前先洗手。

begin

動（began-begun）開始

The concert will begin
in two hours.
演奏會（音樂會）將在兩個小時之後開始。

behind

介 在～後面

He's hiding behind that table.
他躲在那張桌子後面。

believe

動 相信

We don't **believe** you.
我們才不相信你。

bench

名 長椅、凳子

There's a **bench** over there.
那裡有張長椅。

between

介 在～之間

There's ham and cheese **between** the bread.
麵包之間有火腿和起司。

bicycle

名 自行車、腳踏車　（同義字）**bike**

Please hold on to the **bicycle**.
請幫我扶好自行車。

There's ham and cheese between the bread.
麵包之間有火腿和起司。

There's cheese between the bread.
麵包之間有起司。

Between the bread…
麵包之間…

是誰一直拿去吃的！

Please hold on to the bicycle.
請幫我扶好自行車。

啊啊！

哈哈，別擔心！
我會幫你扶好的。

雖然我嘴上這麼說，但總得要放手你才會進步。

如果現在把手放開！

欸，欸？這是怎麼回事！

為什麼我不能放手？

為了預防萬一，我先在把手上塗了強力膠。

你…你騎慢點啦！

big

形 大的

He's so **big**.
他非常高大。

bird

名 鳥

I want to fly like a **bird**.
我想要像鳥一樣飛翔。

birthday

名 生日

Today is my **birthday**.
今天是我的生日。

bite

動 咬

My dog never **bites**.
我的狗從不咬人。

black

形 黑色的

There's **black** smoke coming from our house.
我們家裡正在冒著黑煙。

blow

動 吹

Blow hard.
用力吹。

blue

形 藍色的

Look at that **blue** sky.
看那蔚藍的天空。

board

名 木板、板子

We're playing a **board** game.
我們正在玩桌遊

boat

B

名 船

I know how to make a paper **boat**.
我會摺紙船。

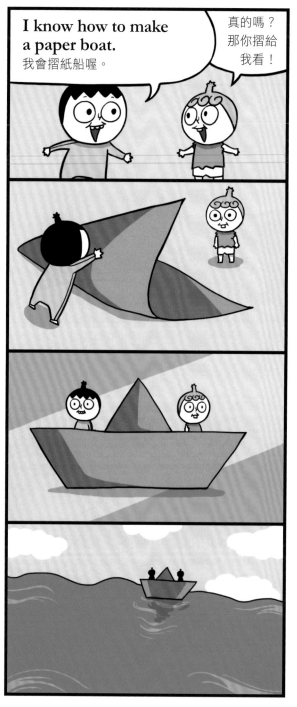

body

名 身體

Wash your **body** with soap.
用肥皂洗身體。

book

名 書

I'm reading a book.
我正在看書。

borrow

動 借

Can I borrow an umbrella?
可以借我一把傘嗎？

both

代 兩個都、兩者皆

Both of you did well.
你們兩個都做得很棒。

bottle

名 瓶子

Who drank the Coke
in this bottle?
是誰把這個瓶子裡的可樂喝掉了？

bowl

名 碗、盆

Please give me another bowl of rice.
請再給我一碗飯。

box

名 箱子、盒子

There's another box inside.
裡面還有另一個箱子。

boy

名 男孩、少年

I am a boy.
我是男孩。

brave

形 勇敢的

I'm trying to be brave.
我想要變勇敢。

bread

名 麵包

Shall I make some bread?
我要來做些麵包嗎？

break

動（broke-broken）打破、弄壞

Did you break this?
是你打破這個的嗎？

breakfast

名 早餐

For **breakfast**, I have cereal and milk.
我早餐吃玉米穀片加牛奶。

bridge

名 橋

Cross the **bridge** and go straight.
過橋之後請繼續直走。

bring

動 (brought-brought) 攜帶、帶來

Go **bring** your friends.
去帶你的朋友來。

brother

名 哥哥、弟弟、兄弟

Be nice to your little **brother**.
對你弟好一點。

B

brown

形 棕色的、褐色的

Is there a big dog with
brown hair?
那裡該不會有隻棕毛的大狗吧？

brush

動 刷、擦

Go and brush your teeth.
去刷牙。

build

動 蓋、建造

He's **building** with blocks.
他正在蓋積木。

burn

動（用火）燒、燒焦、烤焦

Don't **burn** the fish.
別把魚烤焦了。

busy

形 忙碌

....

I'm very **busy** today.
我今天很忙。

---

button

名 鈕扣、按鈕

....

I can't press the **button**.
我無法按到按鈕。

沒問題嗎？

對。

If in danger, press this button.
遇到危險就按下這顆按鈕。

呃啊啊啊啊！

I can't press the button.
我無法按到按鈕啊！

buy

動 買

I want to **buy** a new bike, too.
我也想買一台新的腳踏車。

by

介 在～旁邊

Dad is sitting **by** Mom.
我爸坐在我媽旁邊。

The Bedroom 臥室

lamp
檯燈

alarm clock
鬧鐘

pillow
枕頭

night table
床頭櫃

comforter
被子

curtain
窗簾

bed
床

rug
小地毯

hanger
衣架

dresser
（附有抽屜的）櫃子

wardrobe
衣櫃

Clothes 衣物

jacket 夾克、外套

gloves 手套

raincoat 雨衣

T-shirt T恤

belt 腰帶

jeans 牛仔褲

shorts 短褲

boots 靴子／雨鞋

sneakers 運動鞋、布鞋

coat 大衣

fedora 軟呢帽

shirt 襯衫

skirt 裙子

necktie 領帶

pants 褲子

high heels 高跟鞋

shoes 皮鞋

sweatshirt 無領長袖運動衫

pajamas 睡衣

dress 洋裝

sweatpants 運動長褲

socks 襪子

slippers 拖鞋

calendar

名 月曆

This is a very special **calendar**.
這是非常特別的月曆。

call

動 叫喚、打電話

I'll **call** again later.
我晚點再打給你。

camera

名 照相機

This is an old **camera**.
這是一台老舊的照相機。

camp

名 野營、營地

There are many tents at
the **camp**.
營地裡有很多帳篷。

can

助 能～、會～、可以～

Can you swim?
你會游泳嗎？

candy

名 糖果

This **candy** is too big.
這顆糖果太大了。

cap

名（前面有帽沿的）帽子、棒球帽

How do I look in this cap?
我戴這頂棒球帽看起來怎麼樣？

capital

名 首都

Paris is the capital of France.
巴黎是法國的首都。

captain

名（團隊的）隊長、首領；（船隻的）船長

I was the **captain** of the club.
我之前是社團的社長。

car

名 汽車

They are in the **car**.
他們在車上。

你在學校有參加社團嗎？

I was the captain of the club.
我之前可是社團的社長呢。

什麼？社長？ 足球社？ 籃球社？

不，是電腦遊戲社。

孩子們呢？

They are in the car.
他們在車上。

那我就可以放心的放屁了！

啊！！！我們的窗戶開著耶！

card

名 卡片

I'm writing a Christmas card to Santa.
我正在寫聖誕卡片給聖誕老人。

care

名 照護、照料、關懷

Babies need a lot of care.
嬰兒需要很多照顧。

careful

形 小心的

Be **careful** not to drop this.
小心不要弄掉這個。

carrot

名 胡蘿蔔

This **carrot** cake looks good.
這個胡蘿蔔蛋糕看起來真好吃。

C

carry

動 搬運、運送

Help me **carry** these boxes.
幫我搬這些箱子。

castle

名 城堡、巨宅

Let's build a sand **castle**.
來堆個沙堡吧！

catch

動 抓住、接住

Catch the ball with both hands.
用雙手接球。

ceiling

名 天花板

The spider is hanging from the **ceiling**.
蜘蛛垂掛在天花板上。

chair

名 椅子

Do you need a **chair**?
你需要椅子嗎？

chance

名 機會

I won't miss the **chance**.
我才不會錯過這個機會。

change

動 改變、變化、交換

I **changed** my mind.
我改變心意了。

cheap

形 便宜的

Bananas are **cheap** today.
今天的香蕉真便宜。

cheese

名 起司

Cheese is made from milk.
起司是用牛奶做成的。

chicken

名 雞、雞肉

Do you raise **chickens** at home?
你把雞養在家裡？

child

名 小孩、兒童

I'm not a **child** any more.
我已經不是小孩子了。

choose

動（chose - chosen）選擇、挑選

Choose one between hamburger and pizza.
在漢堡和披薩中選一個。

chopstick

名 筷子

Use the **chopsticks**.
用筷子看看。

church

名 教堂

There's a **church** in front of my house.
我們家前面有間教堂。

circle

名 圓、圓圈

First, draw a **circle**.
首先，畫一個圓。

city

名 城市、都市

Do you like living in the **city**?
你喜歡住在城市裡嗎？

class

名 班級、年級、階級

We are in the same **class**.
我們同班。

classmate

名 同班同學

You're my favorite **classmate**.
你是我最要好的同學。

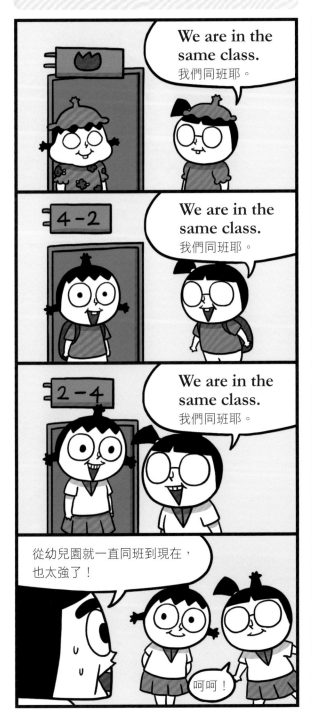

clean

動 打掃、清潔

Did you **clean** up your room?
你打掃好房間了嗎？

climb

動 攀登、攀爬

Let's **climb** to the top.
我們來登頂吧！

clock

名 時鐘

What a nice wall **clock**!
這個壁（掛）鐘真美！

close

動 閉（眼睛）、關

Close your eyes.
閉上你的眼睛。

clothes

名 衣服、衣物

My clothes are pretty.
我的衣服很美。

cloud

名 雲

I'm flying above the clouds.
我正在雲端上飛行。

club

名 社團、俱樂部

I joined the dance **club**.
我加入了熱舞社。

coat

名 大衣、外套

I need a warm **coat**.
我需要一件保暖的外套。

coin

名 硬幣、錢幣

I have some **coins**.
我有一些硬幣。

cold

形 冷的、冰的

It's too **cold** outside.
外面太冷了。

Do you have any coins?
妳有零錢嗎？

Yes, I have some coins.
嗯，我有一些硬幣。

嗯⋯只有這些不夠⋯

竟然還得掏出我的錢。

你明明就自己有錢！！！

天氣怎麼樣？

It's not as cold as we think.
沒我們想像中的冷。

這樣嗎？

BRRR!!!
It's cold.
啊啊！！！
好冷。

It's too cold outside.
外面太冷了。

再怎麼說還是得穿上衣服吧！

color

名 顏色

What **color** do you like?
你喜歡什麼顏色？

come

動 來

I'll **come** back again.
我會再來的。

company

名 公司

What do you do at
your **company**?
你在公司是做什麼的？

cook

動 做菜、烹飪、煮

I can **cook** anything.
我會做任何料理。

cool

形 涼爽的、酷的、帥氣的

The movie was really **cool**.
那部電影真的很酷。

copy

動 影印、複製、模仿

Please **copy** this.
請幫忙影印一下這個。

corner

名 轉角

Turn left at the next **corner**.
在下個轉角處左轉。

cough

動 咳嗽　名 咳嗽

I **coughed** a lot last night.
我昨晚咳得很兇。

count

動 數、計算

When I'm angry, I **count** to ten.
當我生氣的時候，我會數到十。

country

名 國家

What **country** are you from?
你來自哪個國家？

cousin

名 堂表兄弟姊妹

You are my **cousins**.
你們是我的堂表兄弟姊妹。

cover

動 覆蓋

The snow **covered** my footprints.
白雪覆蓋了我的足跡。

cow

名 母牛、乳牛

Cows give us milk.
母牛供給我們牛奶。

crayon

名 蠟筆

He's drawing with crayons.
他正在用蠟筆畫畫。

crazy

形 瘋狂、發瘋

He must be **crazy**.
他一定是瘋了。

cross

動 跨越、渡過、橫越

Let's **cross** the street.
我們來過馬路吧!

crown

名 王冠

Will you try this **crown** on?
你要不要戴戴看這頂王冠？

cry

動 哭

She **cries** easily.
她哭點很低（她很容易哭）。

What a great crown!
這王冠真棒！

Will you try this crown on?
你要不要戴戴看這頂王冠？

重死…人了…

She cries easily.
她哭點很低（她很容易哭）。

Onions make me cry.
我是因為洋蔥才哭的好嗎？

現在沒問題了！

curious

形 好奇的、渴望知道的

What are you **curious** about?
你想知道什麼？

curtain

名 窗簾

There's something behind
the **curtain**.
窗簾後面有東西。

cut

動 剪、切

Go **cut** the apples.
去切蘋果。

cute

形 可愛的

This puppy is so **cute**.
這隻小狗真可愛。

Farm Animals 農場動物

horse
馬

cow
牛

calf
小牛

pig
豬

piglet
小豬

rooster
公雞

chick
小雞

hen
母雞

cat
貓

kitten
小貓

goat
山羊

rabbit
兔子

duck
鴨

duckling
小鴨

dog
狗

puppy
小狗

sheep
綿羊

lamb
小羊、羔羊

dad

名 爸爸

Dad loves me.
爸爸愛我。

dance

動 跳舞

Shall we dance?
我們來跳舞吧？

danger

名 危險

He is in **danger**.
他有危險了。

dark

形 暗的、深的　形 黑暗

It's getting **dark**.
天色正在變暗。

date

名（特定的）日子、日期

What's the **date**?
今天是幾號？

daughter

名 女兒

She's not my **daughter**.
她才不是我女兒。

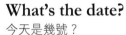

What's the date?
今天是幾號？

我們都漂到了無人島
The date doesn't matter here.
在這裡，日期根本不重要。

She's not my daughter.
她才不是我女兒。

She's my daughter.
她果然是我女兒。

She's not my daughter.
她才不是我女兒。

妳只有在滿意的時候才會認
這個女兒吧！

day

名 白天、日子、一天

Today is the best **day** ever.
今天真是最棒的一天。

dead

形 死掉的、枯掉的

The flower is **dead**.
花已經枯掉了。

D

decide

動 決定、決心

I have **decided** to study hard.
我決定要認真讀書了。

deep

形 深的　副 深

How **deep** is this pool?
這個游泳池有多深？

delicious

形 好吃的、美味的

There are **delicious** things in my bag.
我包包裡裝了一些好吃的東西。

dentist

名 牙醫師、牙醫診所

Did he go to the **dentist** this morning?
他今天早上有去牙醫診所吧？

desk

名 書桌、辦公桌

Where is Manager Jeong's **desk**?
請問鄭科長（經理）的辦公桌在哪裡？

dessert

名 餐後點心、甜點

Would you like to order **dessert**?
請問您要來些甜點嗎？

D

diary

名 日記、日誌

Don't read my **diary**.
不要看我的日記。

dictionary

名 字典、辭典

Look up the word in
the **dictionary**.
在辭典裡查查看那個字。

die

動 死、枯萎、凋謝

I hope he will not **die**.
我希望他不要死。

different

形 不同的、不一樣的

We have **different** opinions.
我們有不同的看法。

difficult

形 困難的

....

This book is too difficult for me.
這本書對我來說太難了。

dig

動 挖（洞、土）、挖掘

....

I'm digging in the garden.
我正在院子裡挖土。

dinner

名 晚餐

It's time for **dinner**.
晚餐的時間到了。

dirty

形 骯髒的、髒亂的

How **dirty** this room is!
這房間也太髒亂了吧！

It's time for dinner.
晚餐的時間到了。

How dirty this room is!
這房間也太髒亂了吧！

The living room is too dirty.
客廳也太髒了。

dish

名 碟、盤

Dad broke the **dish**.
爸爸把盤子打破了。

divide

動 分、劃分、除

Let's **divide** it in half.
我們把它分成兩半吧！

do

動 做、行動

Do it this way.
試試看這麼做。

D

doctor

名 醫生

I want to be a doctor.
我想要成為一位醫生。

dog

名 狗

This is a **dog** doll.
這是一隻狗玩偶。

doll

名 玩偶、娃娃

Kids like to play with **dolls**.
小孩子喜歡玩娃娃。

dolphin

名 海豚

It's not a shark. It's a dolphin.
那不是鯊魚，是一隻海豚。

door

名 門

Who closed the door?
是誰把門關上的？

It's not a shark. It's a dolphin.
那不是鯊魚，是一隻海豚。

The door is open.
門是開著的。

The door should be closed.
門應該要關好。

Who closed the door?!
到底是誰把門關上的？！

down

副 向下、往下

Watch out when you go **down** the stairs.
下樓時要小心階梯。

draw

動 畫（圖）

What did you **draw**?
你畫了什麼？

Watch out when you go down the stairs.
下樓時要小心階梯。

I've come down the stairs.
我已經走下（完）階梯了啦。

呼！

What did you draw?
你畫了什麼？

大伯！

根本一點都不像…

dream

名 夢想、夢

My **dream** is to be a soldier.
我的夢想是成為一位軍人。

dress

動 穿衣服

Get **dressed** quickly.
快點穿衣服。

My dream is to be a soldier.
我的夢想是成為一位軍人。

My dream is to be a police officer.
我的夢想是成為一位警察。

What's your dream?
你的夢想是什麼？

My dream is to be a cook.
我的夢想是成為一位廚師。

Get dressed quickly.
快點穿衣服。

Get up and get dressed.
快給我起床穿衣服。

好啦⋯

drink

動 喝

You **drink** too much soda.
你喝太多汽水了。

drive

動 開車、駕駛

Can you **drive**?
你會開車嗎？

drop

名（水）滴

Don't spill a **drop**.
一滴都不准滴下來。

drum

名 鼓

My son sometimes beats
the **drums**.
我兒子偶而會打鼓。

dry

形 乾的、乾燥的　動 弄乾

....

Is my shirt **dry**?
我的襯衫乾了嗎？

during

介 在～（的整個）期間

....

What did you do **during**
the weekend?
你整個週末做了什麼？

Sea Animals 海洋生物

shark
鯊魚

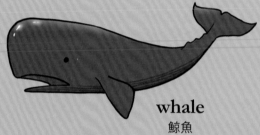

whale
鯨魚

turtle
海龜

fur seal
海狗

shrimp
蝦子

shell
貝類

crab
螃蟹

seagull
海鷗

dolphin
海豚

fish
魚類

squid
魷魚、烏賊

jellyfish
水母

octopus
章魚

starfish
海星

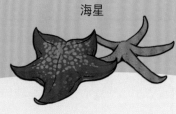

sea anemone
海葵

coral
珊瑚

ear

名 耳朵

He has big **ears**.
他的耳朵很大。

early

副 早、提早　形 早的、提早的

Go to bed **early**.
早點去睡覺。

earth

名 地球

That's because the **earth** goes round the sun.
那是因為地球繞著太陽旋轉。

east

名 東邊

Which way is **east**?
哪裡是東邊？

easy

形 容易的、簡單的、不費力的

There's no **easy** way.
沒有簡單的方法。

要怎麼樣才能考好呢？

那妳平常就得用功唸書啦。

Isn't there another easy way?
沒有其他簡單一點的方法嗎？

There's no easy way.
沒有簡單的方法。

eat

動 吃

What would you like to **eat**?
你想吃什麼？

What would you like to eat?
妳想吃什麼？

牛排！

What would you like to eat?
你想吃什麼？

炸雞！

不過現在就只有荷包蛋。

那你幹嘛問我們？

我只是好奇而已。

egg

名 蛋、雞蛋

I had an **egg** for breakfast.
我早餐吃了一顆蛋。

empty

動 清空　形 空的

Did you **empty** the trash cans?
你把垃圾桶清空了嗎？

E

end

图 結尾、結局、盡頭

Is this the **end** of the story?
這就是故事的結尾嗎？

engine

图 引擎、發動機

That car's **engine** is powerful.
那台車的引擎很給力。

enjoy

動 享受、喜愛

Mom **enjoys** watching TV.
媽媽喜歡看電視。

enough

形 充分的、足夠的

We have **enough** time.
我們的時間很充裕。

enter

動 進入、進來、加入

Knock before you **enter**.
你進來前要先敲門。

eraser

名 橡皮擦

Can I borrow your **eraser**?
我可以借你的橡皮擦嗎？

evening

名 傍晚、晚上

We'll stay home this **evening**.
我們今天晚上要待在家。

every

形 每一、每個、全部的

He knows **every** student.
他認識每一位學生。

example

名 範例、範本、榜樣

She was a good **example** for us.
她是我們的好榜樣。

excellent

形 出色的、傑出的、優秀的

He is **excellent** at math.
他的數學非常好。

For example,
you can easily spin like this.
舉例來說，你可以像這樣輕鬆地旋轉。

She was a good example for us.
她真是我們的好榜樣。

He is excellent at math.
他的數學非常好。

We need your excellent math skill.
我們需要你傑出的數學實力。

Excellent skill.
太優秀了。

excite

動 使興奮、激起、刺激

The idea **excites** me.
這點子令我興奮。

excuse

名 藉口、理由

What's your **excuse** this time?
你這次有什麼藉口？

exercise

名 運動　動 做運動

You need **exercise**.
你需要運動。

exit

名 出口

Where's the **exit**?
出口在哪裡？

expensive

形 高價的、昂貴的

It's too **expensive**.
這太貴了。

eye

名 眼睛

There's something in my **eye**.
我的眼睛裡面有異物。

結婚紀念日當然就是要在高級餐廳吃一頓晚餐。

可以給我一份菜單嗎？

It's too expensive!
呃！這也太貴了吧！

我們點一點點就好了。

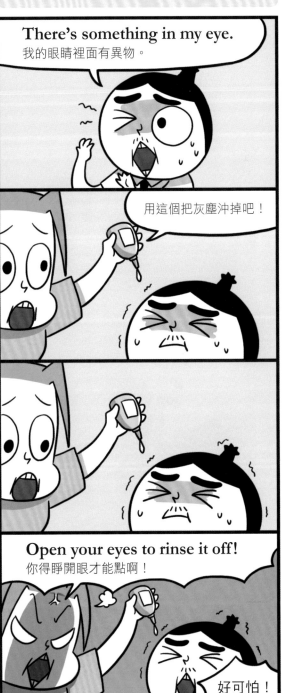

There's something in my eye.
我的眼睛裡面有異物。

用這個把灰塵沖掉吧！

Open your eyes to rinse it off!
你得睜開眼才能點啊！

好可怕！

Transportation 交通工具

bus
公車、巴士

van
小貨車

wagon
四輪貨運馬車

motorcycle
摩托車、機車

truck
卡車

car
汽車

bicycle
腳踏車、自行車

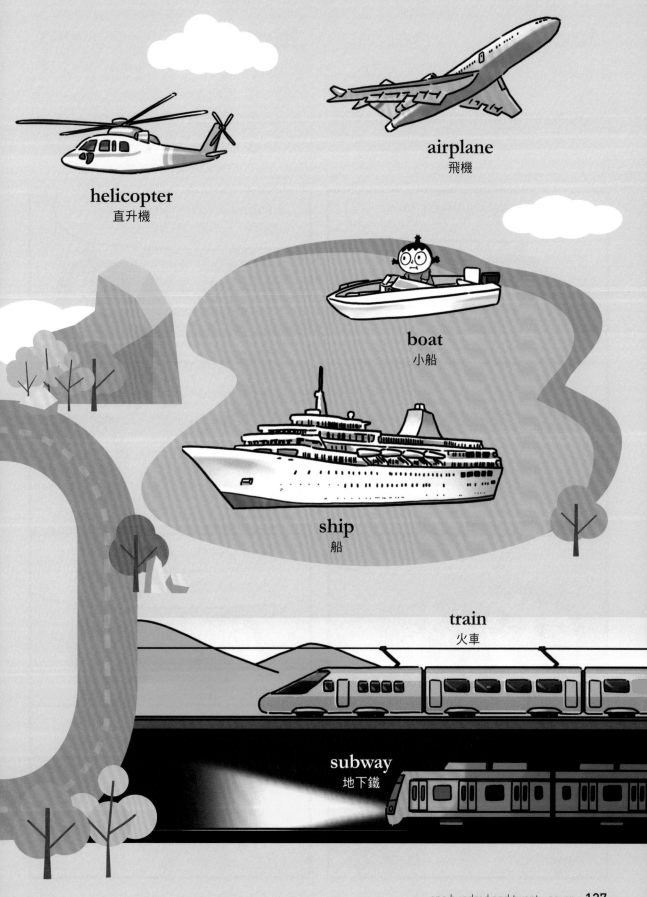

helicopter
直升機

airplane
飛機

boat
小船

ship
船

train
火車

subway
地下鐵

face

名 臉

You have such a pretty **face**.
你的臉長得真美。

You have such a pretty face.
妳的臉長得真美。

妳這是…在幹嘛？

我在照鏡子啊。

如果稱讚自己很漂亮，就會變得更漂亮。

那妳大概得說一百萬次才行吧？

fact

名 事實、真相

Everybody knows the **fact**.
所有人都知道這個事實。

I found a surprising fact.
我發現了一個驚人的事實。

是什麼？

The fact that I eat more rice than others!
那就是我吃的飯比別人更多！

Everybody knows the fact.
所有人都知道這個事實啊！

fail

動 失敗、（考試）不及格

Mom **failed** the driving test.
媽媽沒通過駕照考試。

媽媽的心情看起來好像不好。

Mom failed the driving test.
媽媽沒通過駕照考試。

啊，所以⋯

哪有，才不是因為那個原因！

是如果要再去考駕照，就得再付一次報名費了！

fair

形 公平的、公正的

Teachers should be **fair**.
老師必須要公平。

是炸豬排耶！

嘻嘻！全都是我的了！

不行！妳只能夾一塊！

呃啊！

Teachers should be fair.
老師必須要公平才行。

fall

名 秋天　動 落下、跌落

The weather in **fall** is cool.
秋天的天氣真涼爽。

family

名 家人、家庭、家族

They are a big **family**.
他們是個大家庭。

famous

形 出名的、著名的

He is a **famous** singer.
他是一位有名的歌手。

far

副 遠　形 遙遠的

She lives **far** from the school.
她住在離學校很遠的地方。

farm

名 農場、農莊

Let's go to the strawberry **farm**.
我們去草莓園吧！

fast

形 快的、迅速的

That cat is really **fast**.
那隻貓的動作真快。

fat

形 肥胖的、胖的

Who's that **fat** man?
那個胖男人是誰？

father

名 爸爸

I'm a **father** of two children.
我是兩個孩子的爸爸。

favorite

形 最喜歡的

What's your **favorite** food?
你最喜歡的食物是什麼？

feed

動 餵

Did you **feed** your cat?
你餵過你的貓了嗎？

feel

動 感覺、覺得（心情、情緒）

I don't **feel** very good.
我感覺不太好。

few

形 很少數的、幾乎沒有的

He only has **few** friends.
他幾乎沒有朋友。

field

名 原野、田地

Grandpa is working in the field.
爺爺在田裡工作。

fight

動 打架、吵架

Don't fight with your friends.
不要和你的朋友打架。

fill

[動] 填滿、裝滿

Please **fill** the cup with water.
請在杯子裡裝滿水。

find

[動] 尋找、發現

How can you **find** them?
你要怎麼找到它們？

fine

形 美好的、優秀的

....

This room has a **fine** view.
這房間的景色真美。

finger

名 手指

....

I cut my **fingers**.
我切到手指了。

finish

動 結束、完成

Did you **finish** your homework?
你完成作業了嗎？

fire

名 火、火災

I don't know how to make a **fire**.
我不知道要怎麼生火。

first

副 第一個、首次、初次

....

I arrived **first**.
我是第一個到的。

fish

名 魚、魚類、魚肉

....

Dad caught a big **fish**.
爸爸釣到一隻大魚。

fix

動 修理

....

I'll **fix** the computer.
我來修電腦。

flag

名 旗子

....

The **flag** is waving.
旗子正在飄動。

floor

名 地板、地面

Let's clean the floor.
來清理地面吧！

flower

名 花

Water the flower.
幫花澆個水。

fly

動 飛

Chickens can't **fly** well.
雞不太會飛。

follow

動 跟隨、接在…之後

Someone is **following** me.
有人正在跟蹤我。

food

名 食物、食品

I like Korean food.
我喜歡韓國食物。

fool

名 傻瓜、蠢蛋、白癡

Don't act like a fool.
別表現的像個蠢蛋。

foot

名 腳 （複數型）feet

She has small **feet**.
她的腳很小。

for

介 為了～、給

This is **for** you.
這是給你的。

forest

名 森林

....

I walked into the forest.
我走進了森林。

forget

動（forgot - forgotten）忘記、遺忘

....

I forgot to turn off the gas range.
我忘記關瓦斯爐的火了。

forgive

動 原諒、寬恕

Please **forgive** me.
請原諒我。

free

形 空閒的、免費的

Are you **free** today?
你們今天有空嗎？

fresh

形 新鮮的

Let's breathe in some fresh air.
來呼吸新鮮的空氣吧！

friend

名 朋友

Who's your best friend?
誰是你最好的朋友？

from

介 從～

Let's walk **from** here.
從這裡開始用走的吧！

fruit

名 水果

What **fruit** do you like?
你喜歡什麼水果？

fry

動（用油）炸

Mom **fried** the chicken.
媽媽炸了一些雞肉。

full

形 滿的、吃飽的

I'm so **full** I can't eat more.
我飽到再也吃不下了。

fun

形 有趣的

It will be really fun.
那應該會很有趣。

future

名 未來

What's your future plans?
你未來的計畫是什麼？

game

名 遊戲、比賽

Who won the **game**?
誰贏了這場比賽？

garden

名 庭院、花園

Who's in my **garden**?
誰在我的院子裡？

gate

名 大門、出入口

Please open the **gate**.
請幫我開門。

gentle

形 輕柔的、溫和的、仁慈的

I love his **gentle** voice.
我超愛他輕柔的嗓音。

get

動 獲得、得到

Can I **get** a bag?
可以給我一個塑膠袋嗎？

ghost

名 幽靈、鬼

I saw a **ghost**.
我看到鬼了。

gift

名 禮物

Did you prepare the birthday **gift** for Dad?
你有準備爸爸的生日禮物嗎？

girl

名 女孩、少女

I remember when I was a **girl**.
我還記得自己曾是少女的時候。

give

動 給

Give me five minutes.
給我五分鐘。

glad

形 高興的、樂意的

I'm glad to see you.
很高興見到你。

glass

名 玻璃、玻璃杯

....

Glass breaks easily.
玻璃很容易破。

glove

名 手套

....

He's wearing a **glove**.
他戴著手套。

A glass of water, please.
請幫忙拿杯水來。

好！

呃啊！

呃啊！

小心一點。

Glass breaks easily.
玻璃可是很容易破的。

誰最會打棒球？

嗯…鄭九？

鄭九在哪？

He's wearing a glove.
他戴著手套。

There's nobody wearing a baseball glove.
沒有人戴著棒球手套啊？

I can't play baseball with the rubber glove on.
我果然還是無法戴橡膠手套打棒球。

go

動 去、移動

Let's **go** to the supermarket.
我們去超市吧！

good

形 好的、優秀的

My English is not **good**.
我的英語不好。

grade

名 年級、學年

I'm in the second **grade**.
我二年級。

grandfather

名 爺爺

How old is your **grandfather**?
你爺爺幾歲？

grass

名 草、草地、草坪

The sheep are eating **grass**.
羊正在吃草。

great

形 偉大的、優秀的、美妙的

We had a **great** time yesterday.
我們昨天度過了一段美好的時光。
（我們昨天過得很開心。）

The sheep are eating grass.
羊兒們正在吃著草呢。

The rabbits are eating grass.
兔子們正在吃著草呢。

The lion is eating grass.
獅子正在吃著草呢。

原來牠不是在吃草啊！

露營怎麼樣？

We had a great time yesterday.
我們昨天過得很開心。

?

晚上看見了很多星星。

可是被冷到，所以感冒了。

哈啾！

G

grow

動 成長、生長

When I **grow** up, I want to be a singer.
我長大之後要當歌手。

> What do you want to be when you grow up?
> 你們長大之後想當什麼？

> When I grow up, I want to be a singer.
> 我長大之後要當歌手。

> When I grow up, I want to be a doctor.
> 我長大之後要當醫生。

> When I grow up, I want to be one hundred meters tall.
> 我長大之後要變成一百公尺高。

> 你沒辦法長那麼高吧！

guess

動 猜測、推測

Can we **guess** his age?
我們來猜猜看他幾歲吧？

> Can we guess his age?
> 我們來猜猜看他幾歲吧？

> 70 歲。

> 80 歲。

> 太過分了！人家還很年輕好嗎！

> We're just guessing.
> 我們只是瞎猜而已。

Fruits 水果

grapes
葡萄

apple
蘋果

banana
香蕉

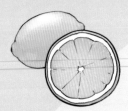

lemon
檸檬

orange
橘子

coconut
椰子

melon
瓜類、甜瓜（如哈密瓜）

cherry
櫻桃

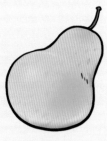

pear
梨子

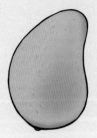

mango
芒果

peach
桃子

pineapple
鳳梨

persimmon
柿子

blueberry
藍莓

strawberry
草莓

plum
李子

kiwi
奇異果

watermelon
西瓜

habit

名 習慣、習性

You have a good **habit**.
你有良好的習慣。

hair

名 頭髮

I want to have short **hair**.
我想剪成短髮造型。

half

名 一半、二分之一

Juri ate **half** of the cake.
珠理吃掉了半個蛋糕。

hand

名 手

Hands up.
把手舉起來。

H

handle

名 握把、把手

Hold the handle.
抓住握把。

handsome

形 帥氣的、英俊的

He was young and handsome.
他年輕時長得很帥。

happen

動 發生

What **happened**?
發生了什麼事？

happy

形 幸福的、快樂的

I'm so **happy** when I dance.
我在跳舞時覺得很幸福。

hard

形 硬的、堅固的。

My chair is too **hard**.
我的椅子太硬了。

hat

名（有邊的）帽子

Put on your **hat**.
戴上你的帽子。

hate

動 討厭、憎恨

I **hate** worms.
我討厭蠕動的蟲。

have

動（had - had）吃、擁有

Did you **have** lunch?
你吃過午餐了嗎？

headache

名 頭痛

I have a bad headache.
我的頭好痛。

health

名 健康

I'm in good health.
我很健康。

hear

動 聽、聽見

Did you **hear** the news?
你聽說那個消息了嗎？

heart

名 心臟、心腸

My **heart** is beating so fast.
我的心臟跳好快。

heavy

形 沉重的

This box is very **heavy**.
這個箱子好重。

help

名 幫助　動 幫助、幫忙

I need your **help**.
我需要你的幫助。

here

副 來這裡、在這裡、這裡

Come here.
過來這裡。

hero

名 英雄

He is the hero of eSports.
他是電競英雄。

hide

動 躲藏、隱藏

Where should we hide?
我們該躲哪裡好？

high

名 高　形 高的

I can jump high.
我可以跳得很高。

hill

名 小山丘

Let's walk up that hill.
來爬上那座山吧！

history

名 歷史

Korea has a long history.
韓國擁有非常悠久的歷史。

hit

動 打擊、拍打

Hit the ball with your hand.
用你的手拍球。

hobby

名 興趣

What's your **hobby**?
你的興趣是什麼？

H

hold

動 握著、抓著

Hold my hands tight.
抓緊我的手。

hole

名 洞

There is a **hole** in my sock.
我的襪子有破洞。

holiday

名 假日、公休日

We don't work on **holidays**.
我們假日不用工作。

home

副 在家、到家　名 家

It's time to go **home**.
回家的時間到了。

homework

名 功課、作業

Do your **homework** first.
先去寫你的作業。

honest

形 正直的、誠實的

I want an **honest** answer.
我要一個誠實的答案。

放假了！！！

Do your homework first.
先去寫妳的作業。

哎唷，
媽妳也真是的…

假期還那麼長！

明天竟然就要開學了！

唉…

I want an honest answer.
我要一個誠實的答案。

是寫得完？

還是寫不完？

好！我在明天之前絕對
無法寫完暑假作業！

不行！妳可
以寫完的！

**I gave an honest
answer…**
我明明就老實回答了…

honey

名 蜂蜜

Bees make honey.
蜜蜂製造蜂蜜。

hope

動 希望、盼望　名 希望

I hope to see you soon.
我希望能馬上見到你。

hospital

名 醫院

You have to go to the hospital.
你得去醫院才行。

hot

形 辣的

It's too hot to eat.
這辣到無法入口。

H

hour

名 小時、時間

I've been waiting for an **hour**.
我已經等了一個小時。

house

名 房子、住宅

Alice's **house** is too big.
愛麗絲的家太大了。

how

副 如何、怎麼

....

Can you tell me **how** to use this?
你可以告訴我怎麼用這個嗎？

human

名 人類、人

....

Humans can't live without water.
人類沒水就無法生存。

hungry

形 飢餓的

Are you **hungry**?
你餓了嗎？

hurry

名 急忙　動 急忙、趕快

Why are you in a **hurry**?
你幹嘛那麼急？

hurt

動（hurt-hurt）受傷、疼痛

He **hurt** his leg.
他的腳受傷了。

husband

名 丈夫、先生、老公

This is my **husband**.
他是我先生。

idea

名 想法、點子、主意

That's a good idea.
那真是個好主意。

if

接 如果～的話、假如、要是

If I go to the bakery, I'll buy some bread.
如果我去麵包店，那我就要買一些麵包。

imagine

動 想像

Imagine that you can fly.
想像一下你會飛。

important

形 重要的

This test is very important to me.
這次的考試對我來說非常重要。

in

介 在～裡、在～

Dad is **in** the bathroom.
爸爸在廁所裡。

information

名 資訊、訊息、資料

Where did you get
the **information**?
你是從哪得到這個資訊的？

insect

名 昆蟲

Every **insect** has six legs.
所有昆蟲都有六隻腳。

instant

形 立即的、即刻的

He eats too much **instant** food.
他吃了太多即食食品。

interest

名 感興趣、關注

I have an **interest** in science.
我對科學有興趣。

introduce

動 介紹

Let me **introduce** my mom.
我來介紹一下我媽。

invite

動 邀請

Let's **invite** some friends and have a party.
來邀請朋友一起開個派對吧！

island

名 島嶼

The **island** was very warm.
那座島非常溫暖。

Little Creatures 小小生物們

ladybug
瓢蟲

mosquito
蚊子

dragonfly
蜻蜓

butterfly
蝴蝶

grasshopper
蚱蜢

cicada
蟬

beetle
金龜子

caterpillar
毛毛蟲

bee
蜜蜂

snail
蝸牛

centipede
蜈蚣

ant
螞蟻

worm
蠕蟲

jacket

名 外套、夾克

When did we buy this **jacket**?
我們是什麼時候買這件外套的？

jeans

名 牛仔褲

These are my favorite **jeans**.
這是我最寶貝的牛仔褲。

job

名 工作、職業

I got a new **job**.
我找到新工作了。

join

動 加入、和～作伴

I'd like to **join** the club.
我想要加入社團。

J

joy

名 歡樂、高興

He's dancing with joy.
他高興得跳著舞。

jump

動 跳、跳躍

Let's jump.
來跳吧！

jungle

名 叢林、密林

The king of the **jungle** is the lion.
叢林之王是獅子。

just

副 正好、恰巧、剛才

We **just** had a meal.
我們剛吃完飯。

keep

動 保持（狀態）、繼續不斷

Keep smiling.
保持微笑。

key

名 鑰匙

I can't find my car **key**.
我找不到車鑰匙。

kick

動 踢、踢腿　名 踢

Kick the ball hard.
用力把球踢出去。

kid

名 小孩、孩子、兒童

These are my kids.
他們都是我的小孩。

kill

動 殺死

You shouldn't **kill** the spider.
你不能殺死蜘蛛。

kind

名 種類　形 親切的

I don't like this **kind** of food.
我不喜歡這種食物。

king

名 王、國王

Why do you want to be a **king**?
你為什麼想當國王？

kitchen

名 廚房

Is Juri cooking in the **kitchen**?
是珠理在廚房裡煮東西嗎？

knee

名 膝蓋

My **knees** hurt.
我的膝蓋好痛（受傷了）。

My knees hurt.
我的膝蓋好痛。

唉唷！
我沒辦法彎腰了。

Now my knees don't hurt at all.
現在膝蓋一點都不痛了。

knife

名 刀

Hold the **knife** in the right hand.
用右手拿餐刀。

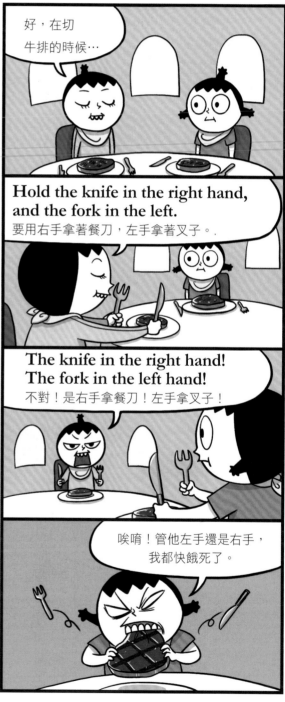

好，在切
牛排的時候…

Hold the knife in the right hand,
and the fork in the left.
要用右手拿著餐刀，左手拿著叉子。

The knife in the right hand!
The fork in the left hand!
不對！是右手拿餐刀！左手拿叉子！

唉唷！管他左手還是右手，
我都快餓死了。

K

knock

動 敲（門）、敲打、撞擊

Stop **knocking** on the door.
別再敲門了。

know

動 知道、了解、懂得

I **know** all the answers.
我知道全部的答案。

ladder

名 梯子

We need a ladder.
我們需要梯子。

lake

名 湖

Shall we go around the lake?
我們可以繞著湖走嗎?

land

名 陸地、土地

People live on land.
人們生活在陸地上。

language

名 語言

I can speak four languages.
我會說四國語言。

large

形 大的、寬大的　(比較級) largest 最大的

I'd like the **largest** room.
我想要最大的房間。

last

形 最後的

Where did you go **last** summer?
你去年夏天去哪了？

late

形 遲的、晚的

I'm **late** for school.
我上學要遲到了。

laugh

動（發出聲音）笑

Why are you **laughing** so much?
你幹嘛笑那麼大聲？

lazy

形 懶散的、怠惰的

Don't be lazy.
不准偷懶。

lead

動 引導、帶領

Please lead us to the building.
請帶我們去那棟大樓。

leaf

名 樹葉 （複數型）leaves

Leaves are floating down the river.
樹葉順河漂流而下。

learn

名 學習

I want to **learn** Korean.
我想要學韓語。

leave

動（left - left）離開、出門

He's already left home at six.
他六點就已經出門了。

left

名 左邊

The library is on your left.
圖書館在你的左手邊。

leg

名 腿

She broke her **leg** playing soccer.
她在踢足球時摔斷腿了。

lesson

名 課程

I take piano **lessons** after school.
我放學後要上鋼琴課。

let

動 允許～、讓～

Brother **let** us use his computer.
哥哥讓我們用他的電腦。

letter

名 信件

Did you read my **letter**?
你看了我的信嗎？

library

名 圖書館

....

I borrowed this book from the **library**.
我向圖書館借了這本書。

lie

動 說謊、騙人　名 謊言

....

Don't **lie** to me.
不要騙我。

L

light

图 光線、電燈

The light is on.
電燈是開的。

like

動 喜歡

I like shopping.
我喜歡逛街購物。

line

名 線、隊伍

Wait in **line**, please.
請排隊等候。

lip

名 嘴唇

Do I have something on my **lips**?
我的嘴唇沾了什麼東西嗎?

list

名 名單、目錄

Your name isn't on the **list**.
你的名字不在名單上。

listen

動 聽

Mom is **listening** to the radio.
媽媽正在聽廣播。

little

形 小的

....

I saw a little bug.
我看到一隻小蟲。

live

動 住

....

Where do you live?
你住哪裡？

long

形 長的

....

She has **long** hair.
她有一頭長髮。

look

動 看、看起來～

....

Don't I **look** pretty?
我看起來不漂亮嗎？

lose

㊢ 失去、丟失

I often **lose** my cell phone.
我常弄丟我的手機。

loud

㊢ 大聲的、吵鬧的

I can't hear you because it's
loud.
太吵了，我聽不到。

love

動 愛

I **love** my sister very much.
我非常愛我妹妹。

low

形 低的

This chair is too **low** for me.
這張椅子對我來說太低了。

luck

名 運氣、幸運

....

I had bad **luck**.
我的運氣真差。

lunch

名 午餐

....

What's for **lunch** today?
今天午餐吃什麼？

Monday 星期一

Tuesday 星期二

Wednesday 星期三

Thursday 星期四

Friday 星期五

Saturday 星期六

Sunday 星期天

Monday 星期一

Months of the Year 月份

January 一月

February 二月

March 三月

April 四月

May 五月

June 六月

July 七月

August 八月

September 九月

October 十月

November 十一月

December 十二月

爆笑英語王(第1彈)：用4格爆笑漫畫完記單字與句子

作　　　者：Shin Tae Hoon, Na Seung Hun
審　　　訂：Joyce Song
譯　　　者：賴毓棻
企劃編輯：王建賀
文字編輯：江雅鈴
設計裝幀：張寶莉
發 行 人：廖文良

發 行 所：碁峰資訊股份有限公司
地　　　址：台北市南港區三重路66號7樓之6
電　　　話：(02)2788-2408
傳　　　真：(02)8192-4433
網　　　站：www.gotop.com.tw
書　　　號：ALE004200
版　　　次：2021年04月初版
　　　　　　2024年05月初版十五刷
建議售價：NT$380

國家圖書館出版品預行編目資料

爆笑英語王. 第1彈：用4格爆笑漫畫完記單字與句子 / Shin Tae
Hoon, Na Seung Hun 原著；賴毓棻譯. -- 初版. -- 臺北市：碁峰
資訊, 2021.04
　　面；　公分
　　ISBN 978-986-502-737-7(平裝)
　　1.英語　2.詞彙　3.句法　4.漫畫
805.12　　　　　　　　　　　　　　　　110001640

商標聲明：本書所引用之國內外公司各商標、商品名稱、網站畫面，其權利分屬合法註冊公司所有，絕無侵權之意，特此聲明。